KB116312

내 마음을 읽어주는 사람

내 마음을 읽어주는 사람

—

1판 1쇄 2014년 7월 14일
1판 4쇄 2018년 2월 22일
지은이 용혜원
펴낸이 김영재
펴낸곳 책만드는집

—

주소 서울 마포구 양화로3길 99, 4층 (04022)
전화 3142-1585·6
팩스 336-8908
전자우편 chaekjip@naver.com
출판등록 1994년 1월 13일 제10-927호

—

ISBN 978-89-7944-484-1 (03810)

—

이 도서의 국립중앙도서관 출판사도서목록(CIP)은 e-CIP 홈페이지(http://www.nl.go.kr/cip.php)에서 이용하실 수 있습니다.
(CIP제어번호 : CIP2014017608)

책만드는집

| 서시 |

삶

늘

홀로 가듯이

홀로 가듯이

홀로 태어나

늘 많은 사람 속에서

홀로 가듯이

홀로 가듯이 살다가

홀로 떠나야 하는

고독한 여정이다

| 차례 |

02

03

04

01

사랑하고 있는 것이다

서로 눈빛을 주고받으며
마주 보고 있을 때
웃음이 나오고 행복하다면
누가 사랑법을 가르쳐주지 않아도
서로 사랑하고 있는 것이다

손 위에 손을 포개고 꼭 잡아도
뿌리치고 싶지 않다면
누가 말하지 않아도
서로 가까이 있고 싶은 것이다

멀리 떨어져 있으면 그립고
가까이 있으면 헤어지기 싫고
서로 떨어져 있던
그리움의 조각들을 맞추고 싶고
서로 어루만지며 포옹하고 싶다면
사랑하고 있는 것이다

내 마음을 읽어주는 사람

오래전부터 나를 아는 듯이
내 마음을 활짝 열어본 듯이
내 마음을 읽어주는 사람

눈빛으로 마음으로
상처 깊은 고통도 다 알아주기에
마음 놓고 기대고 싶다

쓸쓸한 날이면 저녁에 만나
한잔의 커피를 함께 마시면
모든 시름이 사라져버리고
어느 사이에 웃음이 가득해진다

늘 고립되고
외로움에 젖다가도
만나서 밤늦도록 이야기를 나누면
시간 가는 줄 모르고 즐겁다

어느 순간엔 나보다 날
더 잘 알고 있다고 여겨져
내 마음을 다 풀어놓고 만다

내 마음을 다 쏟고 쏟아놓아도
하나도 남김없이 다 들어주기에
나의 피곤한 삶을 기대고 싶다

삶의 고통이 가득한 날도
항상 사랑으로 덮어주기에
내 마음이 참 편하다

그대를 기다리는 행복

그대 멀리서 보고 있지만 말고
내게로 다가오세요
반가움에 소리치며 기뻐할 것입니다

언젠가는 모두 잊혀
기억에서조차 희미할지 모르지만
접히지 않는 그리움에 못 잊고 살아가는
내 마음을 알고 있습니까

간간이 소식이라도 전해주면
뜬구름 잡듯 허무하지만은 않을 것입니다
꿈속에서도 내 심장을 찌르는 보고픔에
눈물 고이는 세월만 보내지 않을 텐데
다가갈 수 없는 안타까움에 애만 태웁니다

내일을 알 수 없는 안개 같은 삶이라지만
그대가 나에게로 올 것만 같아
그간의 모든 슬픔도 잊고
그대를 기다리는 행복으로 살아갑니다

끝까지 남아 있던 그리움이 바람으로 불어올 때면

두 눈을 감고 있어도
그대 모습이 내 눈 가득 들어옵니다
오늘도 나는 그대의 작은 움직임에도
온 마음이 흔들립니다

그대 오는가

그대 오는가
내 마음을 환히 밝히며
그리움을 헤치고
나에게로 오는가

이렇게 멀리 있어도
나에게로 오는
그대를 볼 수 있는 것은
놀라운 기쁨이다

마음에서 뿜어 나오는
그대 생각에
나의 눈에는 그대만 보이고
마음에 새겨둘
이름이 있다는 것이
얼마나 좋은가

내 마음에 얼굴을 들이미는
그대의 바람이 이루어지는 날
우리 서로 행복할 수 있는
재치가 넘치는 사랑을 하고 싶다

사랑할 수 있다는 것은

그대가 웃음꽃 피우며
나를 바라보던 날
내 심장은 금방이라도 굳어지고
숨은 멎어버릴 것만 같았습니다

행복한 그 순간
서글프도록 뼛속까지 찾아들던
지난날의 모든 고통은 사라지고
사랑은 내 마음의 한복판에서
별이 되어 찬란하게 빛났습니다

그대가 떨리는 목소리로
사랑을 고백해 왔을 때
늘 풀리지 않는 아쉬움 속에
몸살을 앓으며 고독하기만 했던
나의 삶에 등불을 밝게 켜놓은 듯
벅찬 감동이 몰려왔습니다

사랑할 수 있다는 것은
내 마음을 말갛게 씻어주는
그 무엇으로도 표현할 수 없는

유쾌한 기쁨입니다

그대를 일생 동안 사랑하며
나의 모든 것을 준다 하여도
결코 후회하지 않을 것입니다

우리가 서로 행복할 수 있다면

뻔한 세상 뻔하게 살아가는데
슬픔이 되어버릴 사랑을
만들 필요가 있습니까
서로의 마음을 알고
서로가 사랑했다면
서로가 행복하기를 원해야 합니다

불행한 종말을 알면서도
감당할 수 없는 아픔을 쏟아내며
욕망을 연소시키는 불길 속으로 뛰어들도록
어리석지는 않을 것입니다

사랑은 욕심이 없을 때 아름답습니다
상처를 주고받지 않을 때
그리워할 마음이 생겨납니다

우리가 이 땅에 존재하며
서로를 마음껏 축복해주며
살아갈 수 있다면 얼마나 좋겠습니까

혼자만의 만족을 채우려는 욕심이 아니라

서로가 행복을 공유할 수 있다면
그것이 바로 사랑의 참모습입니다

그대가 나를 보며 웃고 있을 때

하늘이 맑고 햇살 좋은 날
막 피어오르는
싱그럽고 향기 좋은 꽃처럼
밝게 웃는 그대 모습을
오랫동안 보고 싶습니다

내 마음에 그리움이 가득 채워졌을 때
그대의 얼굴이 선명하게 보입니다
이 순간만큼은 기쁨에
어린아이처럼
팔짝팔짝 뛰고만 싶어집니다

그대가 웃는 웃음은
내 삶에 행복이란 이름으로
피어나는 꽃입니다

그대의 하얀 얼굴 가득한 웃음은
내 삶에 축복이란 이름으로
피어나는 꽃입니다

그대가 나를 보고 웃고 있을 때

내 가슴에 가득한 사랑부터
고백하고 싶어집니다

보고 싶은 얼굴 있다면

보고 싶은 얼굴 있다면
푸른 하늘을 나는 새처럼
훨훨 날아가고 싶지 않습니까

온몸에 그리움이 돋아나고
혈관 속 피의 온도마저 올라
가슴이 터지도록 뜨거운데
자꾸만 숨고 싶어집니다

가슴을 파고드는
사랑의 감정을 어쩌지 못해
감당 못 할 아픔이 오더라도
여름날 개울에 뛰어드는 개구쟁이처럼
눈 감고 풍덩 뛰어들고 싶습니다

마음을 환하게, 맑게 해주는
보고 싶은 얼굴 있다면
심장이 마구 뛰어도 좋을 것입니다
내 눈과 내 마음속에
그대의 얼굴을 그려놓고
사랑을 피워낼 수 있습니다

내 마음엔 언제나

내 마음엔 언제나
가까이 두고 살고픈 그대가
둥근 보름달이 되어
가득하게 떠오릅니다

온몸이 외로움에 젖어도
자신을 잃거나 괴로움의 늪에 빠져
냉가슴이 터진 듯이
슬퍼하지만은 않을 것입니다

온몸을 외로움이 휘감고 돌아도
아무런 목적 없이 살아가다
견디지 못해 피곤에 지쳐
쓰러지지만은 않을 것입니다

내 마음엔 언제나
늘 가까이 두고 살고픈 그대가
꽃이 되어 피어나고 있습니다

사랑 나누며 살기

사랑은 많은 것을 변화시킵니다
어느 곳에서든지 사랑하고 있는
사람들의 모습은 다정하고 정겹습니다
그들은 축복 속에 있다는 걸 알고 있습니다

사랑을 나누면 마음이 자유로워지고
삶에 리듬이 생깁니다

삶이 버거울 때 사랑이 필요합니다
삶이 힘들 때 사랑이 필요합니다
사랑은 가슴을 뛰게 만들고
양 볼을 붉게 만들고
마음의 온도를 높여줍니다
사랑은 행복을 향해 질주하게 합니다

사랑은 삶을 살고 싶게 하는
간절함과 절심함을 가져다줍니다
사랑은 생기와 활력을 줍니다
우리는 사랑을 나누며 살아야 합니다

너를 사랑하고 있다

너를 보고 싶어
미쳐 날뛰고 싶었던
마음도 몰아내고
잠잠히 세월의 흐름에 지워버리면
다 잊힐 줄 알았다

밤새 홀로 뒤척이며 견디다
그리움이 가슴에 솟구쳐
혈관 속까지 끓어올라도
너에게 닿을 수가 없다

거리를 걷다가도
가슴 벅차게 들려오는
나의 숨소리에서
너의 목소리가 들린다

내 눈앞에 없는 너를
사랑하고 있다

그대는 지금 무엇을 하고 있습니까

그대가 내 마음에
선명하게 그려지고 있습니다

어찌해야 하겠습니까
가슴이 뭉클해지고
그리움이 자꾸만 커져가는데
어찌해야 하겠습니까

창밖을 내다봅니다
즐거웠던 날들을 기억하며
두꺼운 허물을 벗듯이
그리움의 시간 속으로 들어갑니다

한동안 비를 쏟아냈던
먹구름도 걷히고
햇살이 환하게 비쳐 옵니다

그대는 지금 무엇을 하고 있습니까
그리움을 개어놓고
내게로 오지 않겠습니까

그대를 생각하면 할수록

그대의 가냘픈 손짓과
그대의 매혹적인 눈빛에
나는 어쩔 줄 몰라
그대의 품 안에 안기고 말았습니다

우리의 사랑이
환상이 아니기를 바랐습니다

그대를 생각하면 할수록
너무나 좋아서
가슴이 저려오도록 행복합니다

나에게 그 무엇보다도
그대의 사랑이 필요합니다
그대만 있다면 모든 일을
가슴이 뿌듯하도록 이루어갈 수 있는
힘이 생깁니다

지금도
내 마음을 흔들고 깨우는 것은
그대의 목소리입니다

내 온몸은 떨리고
온 마음이 설레고 있습니다

FRONT OFFICE

꿈꾸어 오던 사랑

늘 휘감겨 오는 피로와
평행선을 그어놓은 듯
변화 없어 보이는 일상을
사랑으로 변화를 주고 싶다

시간은 모든 것을 용서해주지 않는다
떠나가게 만들고
변하게 만들고
시들게 한다

미련도 그리움도 추억도
모두 시간이 만들어준
행복한 감정들이다

나 그대를 사랑하므로
내 솔직한 감정을 그대로 드러내어
우리가 늘 꿈꾸어 오던 사랑을
멋지게 만들어놓고 싶다

진실한 사랑 1

마음에 잔잔한 파문이 일어난다고
다 사랑이 아닙니다

잠시 불다가 떠나가 버리는
바람일 수 있습니다

마음에 폭풍이 몰려오고 요동친다고
다 사랑이 아닙니다

요구만 가득해 상처만 남기고
흔적도 없이 사라져버릴
바람일 수 있습니다

사랑은 마음에 가득히 고이는
그리움이 있어야 시작되고
잊지 못할 애틋함이 있어야
추억으로 남습니다

그리울 것도 없이
추억할 것도 없이
한순간 불타오르는 사랑만 원한다면

우리는 서로 안 만난 것처럼 떠나야 합니다

진실한 사랑은
가장 소중한 것도 다 내어주며
그리움이란 다리를 건너
서로 하나가 됩니다

진실한 사랑 2

진실한 사랑은
오랜 세월이 흐른 후에야
알 수 있습니다

한순간 서로가
뜨겁게 사랑했다고 해도
다 아름다운 사랑은 아닙니다

고통과 시련을 이겨낸 후에야
위선의 가면을 던진
정직한 사랑을 만날 수 있습니다

이해관계가 없고 부담이 없을 때
여유롭게 웃던 이들도
조금만 힘들고 괴로움이 다가오면
미련 없이 도망치기도 합니다

서로의 가슴이 수없이 무너져 내리고
마음의 벽을 수없이 쌓았다 허물어버린 뒤에도
아무런 욕심 없이 사랑할 수 있을 때
진실한 사랑의 모습을 만날 수 있습니다

세월이 흘러 오래된 사랑이라고
낡은 사랑은 아닙니다
거짓 없이 순수하게 서로가 닮아가며
동행할 수 있다면
가장 진실한 사랑을 하고 있는 것입니다

진실한 사랑 3

누구나 사랑은 할 수 있습니다
그러나 진실한 사랑은
아무나 할 수 없습니다

서로 마음의 문을 활짝 열고
모든 것을 다 받아들일 수 있는 믿음과
가장 순수한 마음으로
평생 동안 함께할 수 있는
용기가 있어야 합니다

서로가 서로에게 아무런 속임 없이
모든 희생을 아끼지 않고
다 쏟아부어도
후회하지 않아야 합니다

누구나 사랑을 할 수 있습니다
그러나 많은 사랑이
연극이거나 거짓입니다

지금 사랑을 하고 있는 사람들은
스스로 잘 알고 있을 것입니다

누구에게도 부끄럼이 없는 사랑이
가장 진실한 사랑입니다

꿈속에서는

꿈속에서는
그대를 꼭 안고
모든 사랑을 다 표현하는데
눈을 뜨면
한마디 말도 못 하고
한 발자국도
그대 곁으로 다가가지 못합니다

깊은 밤 어둠 속에서도
그대의 얼굴이 떠오르는데
내 마음에 심어놓은 사랑 나무에는
수많은 열매가 주렁주렁 달렸는데
그대에게 얼마나
따주어야 할지 모르겠습니다

잊을 수 없는 사람

이루지 못한 안타까움에
아득한 꿈길에 남아
떠나지 않는 사람이 있습니다

슬픔으로 쌓아놓았던
미련의 담 너머로 밀어내지 못한 채
마음속에 부둥켜안고
그리움에 푹 빠져 있습니다

시련이 맺힌 아픔 때문에
지난 세월이 고통스럽고 우울해
말조차 하기가 싫습니다

흘러간 시간 속에
늘 잠복해 있는 그대를
꿈에서 깨어난 듯이 볼 수 있다면
그리움을 다 풀어놓을 수 있습니다

지나간 세월 속에
내 발목을 잡고 있는
잊을 수 없는 사람이 있다면

머물다 떠난 자리를 훌훌 털고 일어나
따뜻한 시선으로 다시 한 번
눈 마주치며 바라보고 싶습니다

나는 참 행복합니다

목 매인 사람처럼
그리움이 가득하게 고인 눈으로
오랜 날 동안
그대를 찾아다녔습니다

낡은 영화 필름처럼
끊어졌다 이어졌다 하는 그대를
오랜 세월 동안
기다려야 했습니다

봄이면 지천으로 피어나는 꽃향기 속에
연인들이 사랑을 나눌 때
내 가슴은 그리움만 커져
떨어지는 꽃을 바라보며
애잔한 연민 속에 고독과 엉켜
홀로 탄식하며 외로워했습니다

그대가 나에게
눈부시게 다가오던 날
내 발걸음은 설렘으로 가벼웠습니다

내가 어디로 가나 어디 있으나
그대는 항상
내 마음을 잡아당깁니다

그대를 만난 후로는
늘 부족을 느끼고 바닥을 드러내고
갈증에 메마르던 내 마음에
사랑의 샘이 흘러넘쳤습니다

우리는 서로 기댈 수 있고
마음껏 스며들 수 있습니다
나를 아낌없이 다 던져도 좋을
그대가 있기에
나는 참 행복합니다

내 삶의 외로운 가지 끝까지

매듭으로 꽁꽁 묶어서
매달아 놓지만 말고
목숨이 다하도록 사랑을 하자

늘 제자리만 맴돌고 머뭇거리다
아쉬움을 남기지 말아야 한다

뿌리쳐도 뿌리쳐도
달려드는 죽음이 오기 전에
목숨이 모자라도록
사랑을 하지

남은 세월이 자꾸만 주는데
언젠가는 끝나야 할 목숨
더할 수도 덜 수도 없는 삶에서
나는 너를 떠나면 갈 곳이 없어
내 마음을 너에게 읽히고 싶다

목숨의 선이 뻔하게 그어져 있는데
심장이라도 터뜨려 사랑할 수 있다면
온몸에 흐르는 피가 멈출 때까지

사랑하며 살아야 한다

내 가슴에서 솟구치는 사랑을
네 삶의 행간마다
스며들게 하고 싶다

사람과 사람들 사이에
너와 내가 만날 수 있음은 기적이다
너를 만나고 싶은 마음은
언제나 내 발목을 내밀게 한다

내 삶의 외로운 가지 끝까지
설레는 사랑으로 가득 채우고 싶다

02

기다림

동동 구르는 발
바싹바싹 타는 입술
자꾸만 비벼지는 손
뜨거워지는 심장

그대가 다가올수록
설레는 마음만 가득하다

내 마음에 그리움이란 정거장이 있습니다

내 마음에 그리움이란
정거장이 있습니다

그대를 본 순간부터
그대를 만난 날부터
마음엔 온통 보고픔이 돋아납니다
나는 늘 기다림 속에 살고 있습니다

그리움이란 정거장에
세워진 팻말에는
그대의 얼굴이 그려져 있고
'보고 싶다'는 말이 적혀 있습니다

그대가 내 마음의 정거장에 내릴 때면
온통 그리움으로 발돋움하며 서성이던
날들은 다 사라지고
그대가 내 마음을 환하게 밝혀줄 것입니다

내 눈앞에 서 있는
그대의 웃는 모습을 바라보며
어린아이처럼 좋아할 것입니다
그대를 기다림이 나는 즐겁습니다

그대가 나를 만나고 싶다면

그리움의 강물이
그대 곁으로 흘러가건만
나는 다가갈 수가 없습니다

세월이 흘러가면
내 젊음도 빼앗아 가건만
나는 그대 곁으로 갈 수가 없습니다

사방에서 그리움이 몰려오는데
그대가 나를 만나고 싶다면
그때는 어디든지 달려가겠습니다

그 무엇이 우리를 갈라놓는다 하더라도
모든 것을 다 뛰어넘어
내 목숨이 살아 있는 한
그대를 만나고야 말겠습니다

우리의 삶이 추억이 되기 전에

그대가 있어
나는 세상을 살아갈 힘을 얻는다

이 거칠고 험한 세상
너무도 짧기만 한 삶에
사랑하는 사람마저 없어
텅 빈 거리를 넋 나간 사람처럼
바라만 본다면 얼마나 허무한가

그대가 있어
나는 세상을 살아갈 이유를 갖는다

온갖 명분이 많은 세상
모두 다 저 잘난 맛에 살아가는데
사랑하는 사람마저 떠나가고
홀로 황량한 거리를 걸으면 얼마나 고독할까

우리의 삶이 추억으로만 남기 전에
서로 만날 수 있음으로
두근거림과 설렘으로 지낼 수 있다

사랑을 서로 나눌 수 있다는 것은
무슨 말로도 다 표현할 수 없다
우리의 삶은 가장 아름다운 색깔로 표현되고 있다

이별

너의
차가운 손
서늘한 눈빛
싸늘한 포옹 속에서
이별을 알 수 있었다

그대가 떠나던 날은

그대가 떠나던 날은
가슴이 뭉클하도록 눈물이 났다

슬픔이 먹구름처럼 몰려오고
떠나보내기 싫은 마음에
눈길조차 가까이 다가가기가 싫었다

어찌할 수 없어 애달프기만 한데
말 한마디 없이
훌쩍 떠날 수 있을까

내 마음은 가슴이 뭉개지도록
그리움과 서러움이 교차되고 있다

내 그리운 사람아
다시 돌아오는 날까지
기다리고 있겠다고 다짐했지만

복받치는 서러움에
온 가슴이 젖도록
슬픈 비가 추적추적 내리고 있다

너를 그리워하는 내 눈동자는

가슴에 화살을 쏜 듯
그리움만 불붙게 하더니
기다림에 지친 눈동자 건너편에
잊힌 사람이 있다

행복했던 날에는
웃음이 터져 나왔지만
슬픔에 지쳐버린 날은
피눈물이 흘러내렸다

저 푸른 하늘 아래 어디에선가
보이지 않는 곳에서
너의 웃음소리가 들리는 것만 같다

순간순간 피어나던
그리움이란 꽃도 이젠 시들어
모두 다 떨어져 버렸다

이별의 문턱을 넘어버린
너를 그리워하는 내 눈동자는
아직도 빛을 발하고 있는데
너의 발소리는 들리지 않는다

너를 잊을 수 있을까

너를 잊을 수 있을까
우리가 사랑한 날들이
얼마나 행복했는데

풀었다 놓았다 하며
하늘 높이 날리던 연이
한순간 줄이 툭 끊어져
멀리멀리 달아나는 것처럼
너를 다시는 못 만날 것만 같다

그리움이 절망이 되어
내 마음속 깊이
찾아들어 와 날 괴롭혀도
너를 영영 잊어버릴 수 있을까

나에게 속삭이던 사랑의 말들이
지금도 퍼렇게 살아서
내 마음속에서 자라고 있는데
묶어놓지 못한 사랑이 안타깝다

멈출 수 없는 아픔

뿌리내리고 주저앉아 버린
내 사랑의 기억을 어떻게 할까

너를 잊을 수 있을까
너를 영영 떠나보내면
아무도 모르게 숨겨놓은 슬픔이
내 가슴에 멍이 되어 파랗게 물들어 올 텐데
그 아픔을 혼자 감당할 수 있을까

사랑을 잃는 슬픔

사랑을 잃는 슬픔이
가장 두렵다

점점 더 멀어져 가고
간격이 벌어지고, 고갈되고, 차단되어
세월이 흘러갈수록
고독이 내 마음을 갉아먹는다

그리움만 삭이며
상처만 깊어가기는 싫다
불타는 사랑으로
소멸할 때까지 타오르고 싶다

내가 살아서 내가 살아서

내가 살아서 내가 살아서
그대를 사랑하지 못한다면
밀려드는 그 서러운 눈물을
어디다 쏟아야 하는가

내가 살아서 내가 살아서
그대에게 가까이 가지 못한다면
터져 나오는 그리움의 고통을
어디다 풀어놓아야 하는가

내가 살아서 내가 살아서
그대에게 내 마음을 전하지 못한다면
무너지는 그 절망의 아픔을
어디다 깨뜨려야 하는가

외면

네가 고개를 돌리는
잊지 못할 그 순간
내 가슴엔
싸늘한 바람이 불어왔다

살아간다는 것은

고독은 고독대로
사랑은 사랑대로
얼마나 멋진 것이냐
살아간다는 것은 즐거운 일이다

내 심장이 펄떡이고
푸른 생명이 솟는다
부딪치는 고통과 더 친해져야겠다
다가오는 고통을 반갑게 맞아들이자
가슴에 꿈을 품고 이루어가자

어려움이 닥칠 때
도망치고 숨으면 달라질 것이 없다
달려들고 뛰어들어 헤쳐 나가자
시류에 따라 굴절되지 말고
곧고 바르게 나가자

절망 속에 살아가면
세상은 온통 어둠뿐이지만
간절한 소망 속에
집념을 갖고 살아가면

세상은 찬란하게 빛을 발한다

생각했던 것보다

더 멋지게

더 아름답게 다가온다

떠나가야 하는 삶

모두 다
떠나보내야 한다

꼭 붙들고 있고 싶어도
세월이 가만두지 않는다

다 놓자
다 놓아버리자

우리의 삶은
떠나온 길로 되돌아가는 것이 아니다
돌아올 수 없는 길로
살아서는 가 닿을 수 없는 곳으로
떠나는 것이다

우리는 시간이라는 의자에
잠시 머물다 일어나서 가는 것이다

떠나가야 하는 삶
서로의 마음에 사랑마저 없다면
서로의 마음에 그리움마저 없다면
우리의 삶이 얼마나 안타까운가

그리워하며 살고 있다

훌쩍 떠나가 버린 후
끝내 소식 한 번 없었는데도
그 여운만은 그림자처럼
내 삶에 달라붙어 있다

잊어버리려고 풀어놓았는데
머물다 간 자리마다
흔적이 남아 있다

가끔씩 인기척도 없이 다가와
생각을 만들어놓으니
어제인 듯한 우리의 만남이
흘러간 시간이 되었다

모두 떠나버렸다
인생이란 곱씹을수록 단맛이 난다지만
늦가을 나뭇가지에
잎사귀 하나 남아 있듯이
나만 설움이 가득해 그리워하며 살고 있다

나는 그를 좋아합니다

그는 미모가 뛰어나지 않고
세련되지 않았습니다
완벽해 보이지 않지만 여유가 있고
늘 정장을 입기보다는 편한 옷을 좋아합니다
단추도 마지막 단추까지 꼭 채우지 않습니다

그는 호기심이 많고 의리가 있습니다
모든 일에 진실하고 사귐에는 끈기가 있고
먼저 웃으며 인사를 하고 어울리기를 잘합니다
쓸데없는 관습에 매이지 않아
모든 일에 융통성과 열정을 갖고 있습니다

그는 퉁명스럽거나 비판적이지 않고
거만하지 않으며 늘 웃음이 있는 얼굴이기에
바라보는 사람이 편합니다
그의 이야기를 듣고 있으면
순간 포착과 유머가 넘쳐 웃음이 터져 나옵니다
같이 있다 보면 시간이 가는 줄도 모르게 되고
늘 인상 깊은 말로 여운을 남겨줍니다

나는 그를 좋아합니다

그는 늘 삶에 활력을 불어넣어 줍니다
새로운 것을 시도하는 데 주저하지 않으며
모든 일에 열심과 최선을 다하는 모습이
보기에도 행복합니다

꿈

꿈만 꾸지 않고
꿈대로 살았더니
꿈이 이루어졌다

Chateau
Combillaty
la Grange
des Bois
les Clous
les Caboches
les Lions

그림자

삶에 어둠의 그림자가 있다고
슬퍼하지 말자
태양 빛이 아무리 찬란하게
온 땅에 쏟아져 내려도
어둠은 어느 곳에나
조금씩 숨어 있다

막막함

기대하던 모든 것이
다 무너져 내렸다
더 이상 앞으로
걸어갈 용기가 나지 않는다

모든 것이 끝나버린 듯
새로운 변화를 가질
힘마저 빠져버렸다

무거워지는 발걸음을
어쩌지 못해
삶의 막다른 길목에
홀로 서 있다

봄날 오후

식곤증에 졸음이
눈에 매달려 안달을 떠는 오후
소파에 나른한 몸을 기대어
잠시 휴식을 즐긴다

늘 허공에 발을 내딛고 서 있는 듯
불안과 초조함에 떨고 사는데도
내 마음은 늘 여유롭고 싶다

온 세상을 향해
봄 나뭇가지만큼이나 뻗치고 싶어지고
탐스런 열매가 열리는 날처럼
설렘으로 가득하다

간절히 기다리는 것이 있어
막 피어나는 꽃잎처럼
마음을 열어놓고 싶다

아무리 힘든 날이 와도
따뜻한 손으로 날 잡아주고
따뜻한 말로 날 위로해주면
나는 아무런 걱정 없이 살 것만 같다

다디단 꿈

식곤증 탓에
온몸이 나른해지는 오후
눈꺼풀이 포근한 이불처럼
스르르 덮여 온다

이럴 때는 두 다리 쭉 펴고
잠자지 않아도 된다

잠시 잠깐 기대어도
피곤은 말끔히 사라지고
다디단 꿈을 꿀 것만 같다

목련

아름다운 너를
마음 착한 너를
환한 햇살을 받으며
바라보고 싶다

소망 가득한 너의 얼굴에
웃음꽃이 활짝 피어나는데
한순간 욕망으로
처참하게 떨어뜨릴 수는 없다
그리움이 있으면
마음만으로도 만날 수 있다

맑게 갠 하늘 아래서
입안 가득하게 고이는
널 사랑한다는 말을 전하고 싶다

흘러만 가는 세월에
그 무엇으로도 메울 수 없는 가슴이
뼈저리도록 아파올지라도
순수함을 지켜주고 싶다

우리는 서로 사랑하므로
삶에 포근한 휴식을 갖는다

03

여름날 이른 아침에

여름날 이른 아침에
들길을 걷는다

무더위에 지쳐 선잠에서 깨어난
이름 모를 새가 어설프게 울음을 운다

부지런한 호박꽃이 활짝 피어나
생기발랄한 웃음을 쏟아놓는다

오늘은 온몸에 햇살을 받으며
덩그런 호박이
힘 있게 살찌는 날인가 보다

가을이 물들어 오면

가을이 물들어 오면
내 사랑하는 사람아
푸르고 푸른 하늘을 보러
들판으로 나가자

가을 햇살 아래
빛나는 그대의 눈동자를 바라보며
살며시 와 닿는 그대의 손을 잡으면
입가에 쏟아지는 하얀 웃음에
우리는 서로 얼마나 기뻐할까

가을이 물들어 오면
내 사랑하는 사람아
흘러가는 강물을 보러
강가로 나가자

강변에 앉아 우리의 삶처럼
흐르는 강물을 바라보며
서로의 가슴속에 진하게 밀려오는
이야기를 도란도란 나누면
우리의 사랑은 탐스럽게 익어가는
열매가 되지 않을까

가을 산책

가을 산행을 하면
가을 속으로 빠져들어 갈 수 있다
강을 따라 찾아들었더니
나무들이 모든 팔을 벌리고
가을을 보여준다

산봉우리들도 모여 가을을 노래한다
떨어진 낙엽들도 가을을 노래한다
가을 산속에는
모든 것이 가을을 노래한다

가을 단풍

붉게 붉게 선홍색 핏빛으로 물든
단풍을 보고 있으면
내 몸의 피가
더 빠르게 흐르고 있다는 것을 알 수 있다

나무 잎사귀가 어떻게
이토록 붉게 물들 수가 있을까
여름날 찬란한 태양빛 아래
마음껏 젊음을 노래하던 잎사귀들이
이 가을에
이토록 붉게 타오르는 이유는 무엇일까
사랑을 다 못 이룬 영혼의 색깔인가

누군가를 사랑하며
한순간이라도
이토록 붉게 붉게 타오를 수 있다면
후회 없는 사랑일 것이다

떨어지기 직전에 더 붉게 물드는
가을 단풍이
나에게도 사랑에 뛰어들라고

내 마음을 마구 흔들며
유혹하는 시선을 보내고 있다

낯선 곳에서

낯선 곳에서 잘 때
불을 켜놓는 것은
아직도 두려움을 다 떨치고
살지 못해서다

웅크리고 새우잠을 자는 것도
걱정이 머릿속에서
자꾸만 자라나기 때문이다

잠이 깊이 들지 못하는 것은
불안함이 손을 길게 내밀어
마음을 꽉 붙잡고 있는 탓이다

숲길을 거닌다는 것은

느릿느릿 여유롭게 걸어보자
너무 바쁘게 살아
시간을 가로질러 갈 때
제대로 바라볼 수 없었던 것들을 바라보자

늘 지치고 힘든 떠돌이의 세상살이
짐스럽고 무거웠던 것들을
잠시 벗어놓고
몸과 마음을 가볍게 하고 걷는 것이
즐거움일 때 삶이 편하다

평화로운 마음으로
인적 드문 길을 따라 걸어가면
마음의 통로도 환하게 넓어지고
신선한 공기 속에
고요한 시간을 만들면
욕심도 욕망도 다스릴 수 있다

바쁘고 힘들어 걸음걸이도 지쳐 있을 때
일상을 떠나 숲길을 거닌다는 것은
삶을 사랑할 줄 안다는 것이다

숲을 발견한다는 것은

숲을 새롭게 발견하는 것은
멀리 떨어져 바라보거나
막연한 생각에 잠기거나
그림으로 그려놓을 때가 아니다

숲 속으로 들어가
나무들의 혈관 속으로
수액이 흐르는 소리를 듣고 있을 때다

나무들이 흘린 땀이
폭포가 되어 쏟아져 내리는 것을
눈앞에서 보고 있을 때다

숲을 발견하는 것은
숲의 내면의 소리를 듣고 있을 때다

숲길을 거닐어보았습니까

숲길을 거닐어보았습니까
숲 향이 가슴에 가득해오고
새들의 노랫소리가 들립니다

다람쥐와 눈빛이 마주칠 때
밤송이가 툭 떨어질 때
느껴지는
숲의 아름다움을 무엇으로
다 말할 수 있겠습니까

보기 좋게 어우러진 숲은
하나님이 만드신 작품
사람들은 아름답고 잘난 것들만
그럴듯하게 꾸미기를 좋아합니다

그러나 하나님은 나무들과 바위들,
이름 모를 풀들이 함께
숲을 아름답게 꾸미도록 만들었습니다

숲길을 거닐면
내 마음도 초록빛으로 물들어 버립니다

욕심이 사라지고
삶을 정직하게 살고 싶어집니다

나무 성격에 관한 고찰

나무는
곧게 자라고 싶어 한다

특별한 환경의 변화가 없으면
하늘을 향하여 곧게 자란다

나무는
내성적이라 스스로 말하지 않는다

바람에 따라 잎사귀들이 부딪치고
가지들이 부딪치며 소리를 낼 뿐이다

나무는 정직하다
꽃 피우고 열매를 맺을 줄 안다

나무는 변장하는 일 없이
자기의 이름으로
자기의 모습으로
일평생 쓰러질 때까지 살아간다

겨울 저녁

어둠이 깊어가는 밤
우거지를 넣고 보글보글 끓이는
된장찌개 냄새가 구수하다

솜씨 있게 담근 총각김치를
와삭 깨물어 먹는
새콤한 맛이 있다

아내와 마주 앉아
따끈한 밥을
큰 수저로 먹음직하게
떠서 먹는 날이면
겨울날도 춥지만은 않다

온몸이 따뜻해진다

손

손은 내 마음을 표현하고 싶어 한다
화가 나면 주먹을 꽉 쥐었다
기쁠 때면 손뼉을 쳤다
반가우면 악수를 했다
감격할 때면 가슴에 손을 얹었다
헤어질 땐 손을 흔들었다
약속을 할 때면 새끼손가락을 걸었다
승리했을 땐 엄지손가락을
하늘로 추켜올렸다

마산 무학산

초록빛 싱그러움을
마음껏 표현하기 시작하는 오월

비가 갠 후
홀가분한 마음으로
맑은 하늘을 바라보며
느린 걸음으로
무학산에 오른다

시원스레 쏟아지는
물줄기를 바라보니
짧은 만남의 순간도 반갑게 맞아주는
무학산의 고마움에
마음속까지 시원하다

숲 향기를 맡으니
번거롭던 마음도 평안해진다

청량산

잎사귀마다 오색 단풍이 물드는 가을에
청량산에 오르니
빙 둘러쳐진 봉우리가 어찌 그리 아름다운지
산속에 있음이 꿈인 듯하다

세속을 버리고 산에 오른
청량산 산꾼은
밤이면 환한 달빛에 반해
온 산을 헤매고
미친놈 소리에
너털웃음을 웃는다

한겨울 눈 내리는 밤이면
군불을 때놓은 방에
추위에 못 견딘 노루도
뛰어들어 잠든다는 산꾼의 넉살에 웃고 말았다
가을에 만나 청량산에 오를 수 있음이 너무 기뻤다

블루마운틴

부산을 조금 벗어나
철마 쪽으로 달려가면
산 위에 그럴듯하게 지은
통나무집 카페 블루마운틴을 만난다

카페 주변 경관을 바라보니
마침 안개가 자욱하게 끼어
어느 화가가 방금 붓을 내려놓은 듯
그림 같은 산들이 마음을 파고든다

소리 없이 퍼져 나간
소문에 소문을 듣고 찾아온 사람들이
떠나가는 삶을 놓치고 싶지 않은 듯
한잔의 커피를 마시며
이야기를 붙잡아 놓고 있다

살아가며 잠시 잠깐일지라도
그 향기를 느끼며
진한 커피 한잔을 마실 때
행복을 느낀다

격포항

눈 내리는 겨울날
바다를 찾아
여행을 떠난다

포구엔 배들이
어딘가로 떠나지 못하고
묶여 있다

수평선을 바라보며
떠나버린 사랑을
기다리고 있는 모양이다

겨울 바다에 오면
찬 바람에 가슴이 더욱 차다
배를 타고 이름 모를 섬으로
떠나고 싶다

장마

하늘이 먹회색을
잔뜩 칠해놓은 듯 흐려 있다

며칠째 시도 때도 없이
하루 종일
비가 추적추적 내리는 날에는
내 가슴에서도
구멍이 뚫렸는지 빗물 흐르는 소리가 난다

방구석에 틀어박혀
책과 씨름하다가
고독을 잔뜩 모아 한잔의 커피에
삶의 애달픔을 함께 타 마신다

온 세상이 물 천지인데
내 온몸과 내 목덜미까지
그리움으로 갈증이 타오른다

내가 힘들고 고독할 때 마시는
한잔의 커피는
생각 속까지 젖어들어
한 편의 시를 만든다

아이들의 웃음

아이들이 웃는 모습은
바라보고만 있어도
기분이 상쾌하다

아이들의 웃음소리는
가장 아름다운 음악이다

아이들이 웃는 표정은
그 무엇으로도 다 표현할 수 없는
살아 움직이는 멋진 그림이다

아이들의 웃음소리는
어떤 것으로도 만들 수 없는
행복한 마음을 가득 채워준다

04

어느 날

거리로 나갔다
갈 곳은 없었다

다만 살아 있다는 것을

인파 속에서
느끼고 싶었다

희망이 보입니다

희망은 우리의 삶에서 피어나는 꽃입니다
희망을 보여주는 얼굴은
지금 사랑하는 사람의 얼굴입니다
그의 얼굴은 빛이 나고 웃음이 있습니다

희망을 보여주는 얼굴은
기도드리고 일어서는 자의 얼굴입니다
기도는 미래를 기대하는 마음에서
드리는 것이기 때문입니다

희망은 예술가가 작품을 만드는
모습에서도 보입니다
예술가는 완성된 작품을
미리 보고 만들어갑니다

희망은 꿈과 비전이 있는
젊은이의 얼굴에서도 보입니다
젊은이의 가슴에는 꿈을 현실로
바꿀 수 있는 열정이 가득합니다
젊은이에게는 미래가 열려 있습니다

희망은 자기의 일을 마치고 일어서는
사람의 얼굴에서도 보입니다
희망이 없는 사람은 없습니다
희망은 가슴에서 피어나는 꽃입니다

나그네 사랑

새마저 둥지를 버리고 날아가듯
하루하루 잠시 잠깐 머물다
떠나가야 하는 세월입니다

미련 남기지 말고
욕심 없이 만나 사랑을 하자는데
왜 망설이고만 있습니까

삶의 샛길에서 만나
쓸쓸한 마음을 채워주고
따스운 피 돌게 하자는데
무슨 말이 그렇게 많습니까

서러움에 눈물겹다고 절망 속에서 소리를 치면서도
마음에 와 닿아 다가가면
고개를 숙이고 움츠리는 그 모습
모두가 눈짓만 보내는 내숭이었습니까

꿈도 사라지고 젊음도 사라지고
다 떠나는 가운데
함께 머물러줄 사람 하나 없는 세상에서

사랑하며 살자는데
안타까운 몸짓으로
왜 눈치만 보고 있습니까

세월이란 일어서서 기다려도
쭈그리고 앉아 기다려도 떠나가는데
마음 한 번 제대로 열어놓지 못하고
헛되고 헛됨 속에 속절없이 살다가
죽음이 다가오면 이미 부서져버린 가슴을 안고
그제야 울고 말 것입니까

흘러만 가는 세월

세월이 지나고 나면
잠시 스쳐 지나온 것만 같은데
너무 빨리 지나쳐버려
아쉬움만 남는다

어린 시절엔 붙잡아 매놓은 듯
그리도 가지 않던 시간들이
나이가 들어가면 남는 것은 그리움뿐
시간을 도둑맞은 듯 달아난다

가끔은 잠시 멈추어준다면
더 행복할 수 있을 것만 같은데
사랑에 빠져 있는 동안은
시간이 더 빠르게 흐른다

매달리듯 애원하며 멈추어놓고 싶어도
떠나가는 시간은 흘러만 가는데
꼭 잡아두고 싶었던 것들도
모두 다 놓아주고 싶어진다
흘러가야만 하는 세월을 멈출 수가 없다

잡초처럼

잡초처럼 살아야 한다
흙만 있으면 두 발을 뻗고
쑥쑥 잘 자라야 한다

끼리끼리 눈 맞추고
온갖 연분으로 자리다툼하고
기회 있으면 한탕 하려고만 하고
음란과 파렴치함 속에 교만하고
거목인 양 떡 버티고 서서
폼 잡는 꼴 보기 싫어서라도
꼭 살아야 한다

험산준령에 살아남는 것은
그럴듯한 나무뿐이던가
온 산을 뒤덮고 있는 이름 없는 풀
잡초도 한몫을 하는 것이 아니던가

허풍 속에 큰소리만 치는 자는
얼마 못 가서 고개를 떨어뜨리고
하루살이 출세로 떵떵거리는 자는
얼마 가지도 못해 올가미에 걸려드는 걸

내 두 눈으로 똑똑히 보았다

잡초처럼 살아야 한다
기회만 있으면 틈만 있으면
온 땅에 돋아나는 잡초처럼 살아야 한다

나는 꼭 필요한 사람입니다

마음속으로 크게
세상을 향하여 외쳐보십시오
"나는 꼭 필요한 사람입니다"

자신의 삶에 큰 기대감을 갖고 살아가면
희망과 기쁨이 날마다 샘솟듯 넘치고
다가오는 모든 문을 하나씩 열어가면
삶에 리듬감이 넘쳐납니다

이 세상에는 수많은 사람이 살아가고 있지만
그중에서 단 한 사람도
필요 없는 사람은 없을 것입니다

세상에 희망을 주기 위하여
필요한 사람이 되어야 합니다

나로 인해 세상이 조금이라도 달라지고
새롭게 변할 수 있다면
삶은 얼마나 고귀하고 아름다운 것입니까
나로 인해 세상이 조금이라도 더
밝아질 수 있다면 얼마나 신 나는 일입니까

자신을 향하여 세상을 향하여
가장 큰 소리로 외쳐보십시오
“나는 꼭 필요한 사람입니다”

미련

꽉 잡아놓고
놓아주지도 않으면서
잊으라 하면
발목을 잡힌 나는 어떻게 하나

엉클어놓고는
다독거려주고
뛰쳐나가려 하면 붙잡고
오도 가도 못하게 하니 어떻게 하나

세월은 흐르고 또 흐르는데
밀물처럼 밀려와 사랑을 하든지
썰물처럼 삭 빠져 떠나가든지
마음으로 정해야만 하는데
정으로 맺어놓은 고리를 풀어낼 수가 없다

편두통

맺힌 매듭을 풀지 못한 탓일까
나사를 죄듯
두개골이 빠개지도록 아프다

원한 맺힌 새 한 마리가
내 머리통에 날아와 앉아
한풀이라도 하듯
계속 쪼아대는 것 같다

두개골을 쫙 쪼개어
흘러내리는 맑은 물에
씻어내고 싶다

달콤한 유혹

인간의 모든 죄
육체와 영혼을 갉아먹는
달콤한 유혹,
은밀한 욕심은
영혼 깊숙이 자리 잡은
호기심에서 시작되었다

뾰족한 것 날카로운 것

상처를 많이 받은 탓일까
두려움 탓일까

뾰족한 것 날카로운 것을
눈앞에 두지 못한다

불안이 느껴진다

칼, 드라이버, 톱, 바늘은
쓰고 난 후엔 꼭
보이지 않는 곳에 둔다

뾰족한 것 날카로운 것을
곁에 두면
상처를 받기가 쉽다

나는 부드러운 것이 편하다

젊은이라면

젊은이라면 눈동자가 반짝거리고
걸음걸이가 힘차야 합니다
패기가 넘치고 열정이 가득하고
두려움 없이 내일을 향하여
꿈과 비전을 갖고 도전할 줄 알아야 합니다

젊은이라면 불의 앞에 항거할 줄 알고
불행한 이웃을 위하여 봉사할 수 있는
따뜻한 마음을 가져야 합니다

젊은이라면 지혜가 충만하고 사랑이 넘쳐서
모든 일에 솔선수범하며
내일을 향하여 어떤 고난과 역경도 헤쳐 나갈 수 있는
힘과 멋이 있고 가슴이 뜨거워야 합니다

젊은이라면 승리를 함께 즐거워하고
아픔을 감싸 안을 수 있는 도량과
기다릴 줄 아는 여유가 있어야 합니다
젊은이라면 젊은이다운 패기를 가져야 합니다

구두

나는 구두를 사서 신으면
버릴 때까지
거의 닦지를 않는다

구두가 반짝거리는 것보다
낡아지는 모습 그대로가
편하다

구두가 너무 반짝거리면
발을 옮겨놓을 때마다
온 신경이 구두에
모여드는 것만 같아
더 불편하다

새 구두보다는
오랫동안 신은 낡은 구두를 신을 때
더 편하게 길을 걸을 수 있다

나의 삶도
나이 들어가는 모습 그대로 살고 싶다

넥타이

삶과
죽음 사이
잘 매어놓은 끈

내 어머니는 야채 장수

내 어머니는 손에 늘 초록 물감이
들어 있던 야채 장수였다
맨몸으로 가난을 헤쳐 나가려고
늘 몸부림을 쳐야만 했다

돈 몇 푼 안 되는 야채들을 팔면서도 눈치를 살피고
서글픔에 늘 정강이가 시려도
꺼져갈 듯한 삶을 살려내려는 애착만은 대단했다

온갖 시련이 찐득찐득 달라붙어도
응어리진 가슴이 팽팽하게 조여와도
쓰러질 듯 쓰러질 듯 하면서도
늘 이겨내고야 말았다

피곤이 산처럼 쌓여와 무게를 견딜 수 없어
중풍에 쓰러졌어도
다섯 자식이 눈앞에 아른거려
다시 일어났다

시시각각 털까지 숨차게 다가오는 고난에
힘이 부쳐 늘 헐떡여야 하는

질기고 모진 목숨이었다

늘 짓밟히고 산 내 어머니의 몸에선
가난이 떠나지 않아
핏줄 속까지 흘러내렸건만
자식들에게만은 흘러내리지 않기를 바랐다

삶을 느낄 만한 때가 되면

우리는 삶을 얼마나 깊이 느끼며 살고 있을까
남의 이야기에 귀를 귀울이고만 있지는 않을까
내 삶도 그들의 삶 속에
빨려들어 가고만 있는 것은 아닐까

살다 보면 지루하고 따분해
누군가와 만나고 싶고, 말하고 싶고,
어디론가 떠나고 싶을 때가 있다

매일매일 반복되는 꼭두각시놀음이 싫어
피 같은 후회의 눈물을 흘려도 좋을
미치도록 사랑하고플 때도 있지만
늘 엇갈림 속에 세월은 너무나 빠르게 흐른다

갈증이 멎고 삶을 느낄 때쯤이면
어느 사이에 모든 것으로부터
너무나 멀리 떨어져 있는 것은 아닐까

겨우 삶을 느낄 만한 때가 되면
살아야 할 시간을 너무나 많이 지나쳐 온 것만 같다

길을 걷는다는 것은

길을 걷는다는 것은
갇혔던 곳에서
새로운 출구를 찾아 나가는 것이다

천천히 걸으면
늘 분주했던 마음에도 여유가 생긴다

걸으면
생각이 새로워지고
만남이 새로워지고
느낌이 달라진다

바쁘게 뛰어다닌다고
꼭 성공이 보장되는 것은 아니다
사색할 시간이 필요하다
삶은 체험 속에서 변화된다

가장 불행한 사람은
자기라는 울타리 안에
자기라는 생각의 틀에
꼭 갇혀 있는 사람이다

길을 걷는다는 것은
살아 있음을 느끼게 하고
희망을 갖게 한다

나를 만들어준 것들

내 삶의 가난은 나를 새롭게 만들어주었다
배고픔은 살아야 할 이유를 알게 해주었고
나를 산산조각으로 만들어놓을 것 같았던
절망들은 도리어 일어서야 한다는 것을
일깨워 주었다

힘들고 어려웠던 순간들 때문에
떨어지는 굵은 눈물방울을 주먹으로 닦으며
내일을 향해 최선을 다하며 살아야겠다는
다짐을 했을 때 용기가 가슴속에서 솟아났다

내 삶 속에서 사랑은 기쁨을 만들어주었고
내일을 향해 걸어갈 수 있는 힘을 주었다
사람을 만나는 행복과 사람을 믿을 수 있고
기댈 수 있고 약속할 수 있고
기다려줄 수 있는 마음의 여유를 주었다

내 삶을 바라보며 환호하고
기뻐할 수 있는 순간들은
고난을 이겨냈을 때 만들어졌다
삶의 진정한 기쁨을 알게 되었다

우리 걸어보자

잠시 삶의 무게를 벗어버리고
마음 편하게
우리 걸어보자

복잡한 생각을 다 잊어버리고
자연의 흐름에 모든 것을 맡기고
가볍게 걷고 또 걷자

나무들이 만들어놓은
숲을 만나면
복잡하게 계산하고 따지던 것들이
하나둘씩 사라진다

맑은 공기를 마시면
마음도 정갈해지고
우리가 어느 사이에
더 가까워짐을 느낄 수 있다

우리 걸어보자
모든 것을 새롭게 만나면
우리 살아 있음에 감사하자